LE MONUMENT
DE
MOLIÈRE

POÈME

Accompagné de Notes historiques

PAR

VICTOR BARBIER

TYPOGRAPHE.

> Les grands hommes sont comme des météores qui se consument pour éclairer la terre.
>
> NAPOLÉON.

PARIS

Au Bureau de la Société de l'Industrie Fraternelle,

RUE DE LA SORBONNE, 1.

—

15 janvier 1846.

LE

MONUMENT DE MOLIÈRE.

Du même Auteur :

ORAISON FUNÈBRE D'ADOLPHE BOYER (novembre 1841);
TROIS GAUDRIOLES (février 1844).

Prochainement :

SAINTES ET COURTISANES, chansons;
DE LA TYPOGRAPHIE FRANÇAISE ET DE SON AVENIR.

IMPRIMERIE SCHNEIDER ET LANGRAND, RUE D'ERFURTH, 1.

LE MONUMENT

DE

MOLIÈRE

POÈME

ACCOMPAGNÉ DE NOTES HISTORIQUES

PAR

VICTOR BARBIER

TYPOGRAPHE.

> Les grands hommes sont comme des météores
> qui se consument pour éclairer la terre.
>
> NAPOLÉON.

PARIS

AU BUREAU DE LA SOCIÉTÉ DE L'INDUSTRIE FRATERNELLE,

RUE DE LA SORBONNE, 1.

15 janvier 1846.

PRÉLUDE.

Dans ce Paris qui l'a vu naître (1),
Qui reçut son premier et son dernier soupir ;
A la même place où peut-être
Son regard mourant vint finir (2) ;

Dans ce Paris où son génie,
Au souffle de Corneille, avait pris son essor (3) ;
Où la douleur brisa sa vie,
Quand il allait monter encor (4) ;

Dans ce Paris où sa poussière
Ignora si longtemps que sa gloire avait lui [5],
On élève enfin à Molière
Un monument digne de lui.

Il était temps, et sa grande ombre,
Errante parmi nous depuis le jour fatal,
Dut trouver la route bien sombre,
De sa tombe à son piédestal.

A son tour, elle put apprendre
Que nul impunément n'a dit la vérité,
Sans ameuter contre sa cendre
Ceux qui vivant l'ont redouté;

Elle apprit comment on dépouille
Un sage du respect dont il fut revêtu,
En insultant à sa dépouille,
Pour se venger de sa vertu [6].

Elle put voir combien est lente
La marche d'un grand homme au Panthéon humain,
Lorsqu'une caste malfaisante
Cherche à lui barrer le chemin ;

Avant d'arriver souveraine
A ce trône où sans doute elle vient de s'asseoir,
Elle put juger de la haine
De ce troupeau vêtu de noir ;

Elle put voir que rien ne donne
Un terme à sa fureur, pas même le trépas ;
Car, si l'Évangile pardonne,
L'Église ne pardonne pas.

Enfin Paris, à sa mémoire,
Consacre un souvenir pieux et solennel,
Et, pour éterniser sa gloire,
De ses mains lui dresse un autel ;

L'apothéose est bien tardive ;
Et la France, oubliant d'honorer son repos (7),
Ne se montra guère attentive
Au culte de ses vrais héros ;

Mais le triomphe est au poète ;
Car il ne manquait plus à ses enseignements,
Pour que la leçon fût complète,
Qu'un lendemain de deux cents ans.

LE MONUMENT.

I.

C'est au cœur de la cité mère
Que devait reposer ce penseur glorieux,
Pour que son œuvre salutaire
Soit toujours présente à nos yeux ;

Pour qu'à celui qui sut répandre
Sur le bon sens du peuple un attrait si puissant,
Le peuple à son tour puisse rendre
Un hommage reconnaissant ;

Et pour qu'à jamais il rappelle
Que la mort avec nous ne vient pas tout finir,
Quand on peut laisser après elle
Un nom digne de souvenir.

Il est là, l'homme au doux sourire,
Entouré de la foule où vivent ses portraits;
Et cette foule qui l'admire
Contemple enfin ses nobles traits.

Assis comme au seuil de son temple,
Il semble, ainsi rêveur et le style à la main,
Méditer un nouvel exemple
Pour instruire le genre humain.

C'est Molière ! Et, comme un symbole,
Brille sur le fronton ce nom qu'il s'est donné ;
Ce nom, la plus belle auréole
Dont il puisse être couronné !

Près de lui sont ses deux génies;
Car ce talent sublime eut deux aspects divers :
L'un qui nous montre nos folies;
L'autre, les vices des pervers.

D'abord, c'est la Muse caustique,
Qui sait nous corriger tout en nous égayant,
Et, selon sa devise antique,
Châtier les mœurs en riant;

Puis, c'est la Muse sérieuse,
La Muse qui poursuit le méchant respecté,
Et découvre l'âme hideuse
Sous son masque d'impunité;

Et plus bas, image sereine
De cet esprit limpide et toujours abondant,
Une intarissable fontaine
Coule sans cesse en murmurant.

Tel est cet édifice auguste,
Où la grâce est unie à la simplicité :
Aspect grave et touchant d'un juste
Offert à la grande cité ;

Tel est ce monument suprême,
Élevé par notre âge à Molière immortel,
Comme un majestueux emblème
De son monument éternel.

II.

Ce monument impérissable,
Près duquel ceux de pierre et leurs riches contours
Ne sont qu'un vain amas de sable
Que le temps ruine tous les jours;

Ce monument, dont la structure
Est empreinte à la fois d'audace et de grandeur,
Et qui ne doit qu'à la nature
Son inaltérable splendeur;

Ce monument que rien n'égale,
Et toujours triomphant des imitations,
C'est son œuvre, encor sans rivale
Parmi toutes les nations ;

C'est son œuvre, satire immense
Et qui résume en elle un siècle tout entier,
Siècle de progrès qui commence,
Et dont le nôtre est héritier ;

C'est son œuvre ardente, animée,
S'échappant du creuset de sa raison de fer,
Comme on dit que Pallas armée
Sortit du front de Jupiter !

Sur notre scène rajeunie,
Où Corneille apportait de si mâles accents,
Il vint, du haut de son génie,
Jeter le rire du bon sens (8) ;

Sous une apparence frivole,
Il vint de la morale enseigner le pouvoir,
Et fit du théâtre une école
Où chacun apprit son devoir.

Enfant d'une époque nouvelle,
Où la langue et les mœurs se transformaient encor,
Il vint contre un faux goût rebelle
Défendre ce double trésor (9);

Enfant d'un peuple qu'on méprise,
Il vint le consoler, en montrant à ses yeux
L'impertinence et la sottise
De ces maîtres si dédaigneux.

Au milieu d'une cour altière,
Où le vice et l'intrigue infectaient tous les rangs,
Il osa porter la lumière
Sur les turpitudes des grands;

Au milieu d'un monde crédule,
Il osa s'attaquer à tous les imposteurs,
Et, sous le fouet du ridicule,
Fit passer pédants et docteurs ;

Enfin, couronnant son ouvrage,
Il dénonça Tartufe à la postérité,
Et le cloua, malgré sa rage [10],
Au carcan de la vérité !

ÉPILUDE.

L'homme en toi valait le poète,
O Molière ! ton cœur fut digne de ton nom ;
Et cette gloire, humble et discrète,
Ajoute encore à ton renom !

Ta vie est un miroir sans tache
Où rayonna toujours la plus tendre vertu,
Et tu soutins ta rude tâche
Sans jamais paraître abattu ;

Ta noble et rapide existence
Ne fut que le combat d'un esprit généreux
Contre la funeste influence
Des préjugés unis entre eux ;

Ton âme passa tout entière
Dans ce duel sans trêve et toujours renaissant,
Entre la raison populaire
Et le mensonge tout-puissant !

Dans cette courageuse lutte,
Tu mourus en héros, les armes à la main (11) ;
Mais ta mort ne fut pas ta chute,
Et ton effort ne fut pas vain ;

Après toi, toute une cohorte
Suivit, quoique de loin, la trace où tu marchais,
Et vint te former une escorte,
De Regnard jusqu'à Beaumarchais !

Depuis cette époque féconde,
Où le vice trouva de si fermes censeurs,
Ta gaîté savante et profonde
N'a pas laissé de successeurs;

Ton culte, privé d'interprète,
Brille à peine aujourd'hui d'un éclat qui se perd,
Et ta Muse reste muette
Au milieu d'un temple désert;

Et pourtant, jamais la satire
Eût-elle pu montrer un plus juste courroux ?
Jamais son provoquant sourire
Eût-il causé d'accès plus doux ?

Oh ! si quelque rayon céleste
Illuminait soudain ton front silencieux;
Si l'austère regard d'Alceste
Pouvait renaître dans tes yeux !

Si ta voix, vibrante et sonore,
S'échappait tout à coup de tes lèvres d'airain,
Que d'abus tomberaient encore
Sous ton jugement souverain !

Mais une ombre n'est guère à craindre,
Et longtemps l'imposture aura force de loi,
Avant qu'il vienne pour l'atteindre
Un contemplateur tel que toi[2] !

NOTES.

(1) Dans ce Paris qui l'a vu naître,

Jean-Baptiste POQUELIN, qui prit au théâtre le nom de MOLIÈRE, était fils de Jean Poquelin, tapissier du roi. Il naquit à Paris, le 22 janvier 1622, dans une maison qui formait, dit-on, l'encoignure de la rue Saint-Honoré et de celle des Vieilles-Étuves.

(2) A la même place où peut-être
Son regard mourant vint finir;

A l'endroit de la rue Richelieu qui porte aujourd'hui le numéro 34, vis-à-vis le monument consacré à Molière, on lit, gravée en lettres d'or sur un fond de marbre noir, l'inscription suivante :

MOLIÈRE EST MORT DANS CETTE MAISON, LE 17 FÉVRIER 1673,
A L'AGE DE 51 ANS.

Et au-dessus, dans une couronne de lauriers, ce millésime : 1844.

(3) . . . . Son génie
Au souffle de Corneille avait pris son essor;

Tout le monde sait que Corneille est le père de notre théâtre moderne. Il précéda de beaucoup l'auteur du *Tartufe* dans la carrière dramatique, et sa comédie du ***Menteur*** était regardée comme la seule pièce régulière de ce genre qui eût paru jusqu'alors. Un tel exemple ne dut pas être sans influence sur l'esprit du jeune Molière, qui semble, en effet, l'avoir pris pour modèle dans sa spirituelle création de l'***Etourdi***, la première tentative importante qu'il ait faite.

Ajoutons que lorsque Molière fut appelé à paraître devant le roi, il eut soin de choisir, pour cet éclatant début, une tragédie de Pierre Corneille.

(4) Quand il allait monter encor ;

On assure qu'au moment où une mort prématurée vint si cruellement le surprendre, Molière travaillait à une comédie de *l'Homme de Cour* qui promettait de dépasser (sous le rapport de la hardiesse, sans doute) ce qu'il avait fait jusque-là.

(5) . . . . Sa poussière
Ignora si longtemps que sa gloire avait lui,

Près d'un siècle déjà s'était écoulé depuis la mort de Molière, lorsqu'en 1769 l'Académie française songea à mettre son éloge au concours. Champfort y remporta le prix.

Neuf ans après, en 1778, elle crut devoir placer dans son enceinte un buste du grand homme, sculpté par Houdon, avec cette inscription composée par Saurin :

RIEN NE MANQUE A SA GLOIRE ; IL MANQUAIT A LA NÔTRE.

(6) En insultant à sa dépouille,
Pour se venger de sa vertu.

La mort de Molière causa dans Paris une vive sensation, et les comédiens, qui le vénéraient comme un père, s'étaient disposés à lui faire un convoi magnifique. Mais le clergé ne pardonnait point à l'auteur du *Tartufe*, et l'archevêque de Paris, monseigneur de Harlay, fit défendre de le recevoir en terre sainte.

A cette nouvelle, l'épouse de Molière trouva dans son indignation une parole admirable : « Quoi ! s'écria-t-elle, on refuse la sépulture à un homme qui mérite des autels! » Aussitôt elle courut à Versailles implorer la protection du roi contre l'injure faite à la mémoire de son mari, en lui refusant la sépulture religieuse; le roi répondit que cette affaire dépendait du ministère de monseigneur l'archevêque, et que c'était à lui qu'il fallait s'adresser. Cependant, il fit dire au prélat d'éviter l'éclat et le scandale. Monseigneur révoqua donc sa défense; mais à condition que l'enterrement ne se ferait que de nuit, en silence et sans pompe extérieure. Tous ces pourparlers et ces démarches avaient pris du temps, et Molière, mort le 17 février, ne fut enterré que le 21, à neuf heures du soir. L'inhumation eut lieu au cimetière Saint-Joseph, en présence de tous ses amis, qui y assistèrent portant chacun un flambeau à la main.

(7) Et la France, oubliant d'honorer son repos,

La cendre de Molière demeura plus d'un siècle dans un honteux oubli, et peut-être y serait-elle encore, si une révolution n'était venue l'en tirer. En 1792, la section du quartier Montmartre, qui avait pris le nom de ***Section armée de Molière et de la Fontaine***, fit recueillir les restes ***présumés*** de ces deux morts illustres; ils restèrent déposés au musée des Petits-Augustins jusqu'en 1817, où ils furent enfin transportés au cimetière du Père-Lachaise, après qu'une messe solennelle eut été célébrée en leur honneur, en l'église Saint-Germain-des-Prés.

Devait-on penser que la dépouille mortelle d'un grand homme serait soumise à tant de vicissitudes?

(8) Il vint, du haut de son génie,
Jeter le rire du bon sens;

Dès ses premières pièces, l'***Étourdi*** et le ***Dépit amoureux***, Molière semble s'être fait une règle de placer les sentiments les plus honnêtes, les idées les plus raisonnables, les maximes les plus vraies, les paroles les plus sensées, dans la bouche de ses personnages les plus humbles par leur position, les plus comiques par leur rôle, et qui prêtent le plus à rire par leur tournure, leur franchise et leur naïveté.

Boileau lui-même en fit la remarque dans les stances bien connues qu'il lui adressa au sujet de l'*Ecole des Femmes*.

(9) Il vint, contre un faux goût rebelle,
Défendre ce double trésor;

Dans les *Précieuses ridicules* et plus tard dans les *Femmes savantes*, Molière fit la critique du langage; dans *Sganarelle*, l'*Ecole des Maris*, l'*Ecole des Femmes*, il aborda la satire de mœurs, que nul autre que lui n'a portée si haut et si loin.

(10) . . . . Malgré sa rage,

Les hardiesses de *Don Juan* avaient surpris, celles du *Misanthrope* inquiétèrent; mais le *Tartufe* fut pour certaines gens un véritable scandale. Deux fois les efforts de la cabale en arrêtèrent la représentation. Molière se vit obligé, pour conjurer l'orage, d'adresser au roi un mémoire, en forme de *placet*, pour la justification de sa pièce. Néanmoins l'autorisation authentique de la jouer ne fut accordée que deux ans après.

(11) Tu mourus en héros, les armes à la main;

On sait que Molière mourut presque sur la scène, à la quatrième représentation du *Malade imaginaire*. Les derniers moments de ce grand homme ont été retracés par M. J. Taschereau, dans son excellent ouvrage sur la *Vie de Molière;* les limites que nous nous sommes imposées ne nous permettent pas de le reproduire ici.

(12) Un contemplateur tel que toi!

Boileau, qui ne se lassait pas, disait-il, d'admirer Molière, l'avait surnommé le Contemplateur.

IMPRIMERIE SCHNEIDER ET LANGRAND, RUE D'ERFURTH 1.

CHEZ LES MÊMES ÉDITEURS.

HISTOIRE

DES JOURNAUX

ET DES JOURNALISTES

DE LA RÉVOLUTION FRANÇAISE

(1789—1796)

Précédée d'une Introduction générale;

PAR

M. LÉONARD GALLOIS.

40 livraisons à 50 cent., formant 2 beaux volumes in-8°, imprimés par les presses à bras sur papier grand raisin glacé et satiné.— Il parait chaque semaine une livraison composée de 24 pages de texte et un portrait gravé sur acier, ou 32 pages sans portrait.

Le 1er volume est en vente; l'ouvrage sera terminé au mois de mars 1846.

Pour paraître prochainement.

ŒUVRES

COMPLÈTES

DE CH. PONCY

OUVRIER MAÇON, DE TOULON,

Les Marines. — Le Chantier. — Poésies nouvelles.

ÉDITION ENTIÈREMENT REFONDUE.

1 vol. in-8°,

Précédé d'une Notice sur l'auteur, par M. ORTOLAN,

Et d'une Préface par GEORGE SAND.

Imp. Schneider et Langrand, rue d'Erfurth, 1.

www.ingramcontent.com/pod-product-compliance
Ingram Content Group UK Ltd.
Pitfield, Milton Keynes, MK11 3LW, UK
UKHW020450220726
13923UKWH00005B/2451

9 782329 065700